RELATOS ESCALOFRIANTES PARA ESCUCHAR DE NOCHE

First edition. January 11, 2024.

ISBN: 979-8224310685

Written by Varios Escritores-.

Tabla de Contenido

Relatos Escalofriantes
Para Escuchar de noche

Varios Escritores

La Ruta

Thriller de Suspenso y Terror en español

Roger Daevison

"El miedo puede mantenernos despiertos toda la noche, pero lo que realmente nos aterra es cuando dejamos que entre en nuestros sueños."
— R.L. Stine, "Pesadillas y alucinaciones"

Prólogo

En lo que parecía un simple trayecto camino a casa de su infancia enclavada en las montañas, para Jacob Mert se torna en una situación de pesadilla. Un thriller escalofriante que te hará sentirte dentro de ella.

Contenido

Capítulo 1

Tengo mucho miedo, estoy temblando... Realmente siento mucho mucho miedo. Nunca había tenido tanto miedo en mi vida, y eso que era un consolidado bravucón valiente en mis tiempos de universidad, y ¡mírame ahora! estoy temblando, implorando a los dioses que vengan en mi ayuda.

¡Por favor! Quien esté allá arriba venga a rescatarme. Cómo es posible que esté pasando por esto. Quiero pensar que es un maldito sueño. Es que siempre vi en las noticias asesinatos y esas cosas, pero normalmente eso no afecta cuando estás en seguridad. Y esos datos, aunque sean duros y crudos no te afectan más allá de la impresión inicial. Pero cuando estás viviendo esa sensación de desesperación, todo cambia. Esa experiencia en carne viva es terrible, muy terrible.

Ahora estoy justamente así, perdido. No sé dónde me encuentro, pero digamos que estoy en medio de una comarca en las montañas. Aislado. Me están cazando. Prácticamente no tengo por ningún lado opción de salida. No hay forma de huir, no conozco el territorio. Ni siquiera sabía que existían estas montañas en el mapa. Se supone que ahora ya está todo telegrafiado por vía GPS satelital, pero esto no aparecía en el mapa. Preferiría estar muerto ahora mismo, que estar soportando el preludio de una terrorífica muerte anunciada. Tú solo contra el mundo.

Debo mencionar que me dirigía a la antigua casa de mi madre, mi hogar de la infancia. Esta casa se encuentra en un condado que por lo general presenta un terreno montañoso y de paisajes increíbles.

Conducía mi Sedán 1985 en un día más común y corriente por esa carretera cuando era más joven la había manejado y me la conocía fácilmente. De la ciudad de donde yo era a ese poblado de 25 casas enclavado en las montañas por lo menos hacía unas cuatro horas de trayecto, pero se disfrutaba bastante el recorrido escuchando algunas canciones clásicas de los Beatles. Esa casa estaba abandonada, pero de acuerdo mi hermana que había ido el año pasado me dijo que la localidad de 20 casas, la mayoría ya estaba deshabitada y deterioradas. Y únicamente quedaba en pie una casa de un señor llamado Robert y que solamente era la única casa habitada en toda la zona. Sumándole que el anciano ya contaba los 80 años.

Yo acaba de regresar de Australia tras 10 años de haber vivido allá, y me encontraba divorciado de nuevo pretendiendo rehacer mi vida, y qué mejor alejado de la ciudad libre en aquella comarca llena de árboles y de aire fresco. Honestamente estaba bastante cansado de la vida ajetreada en la ciudad luego de haber vivido de esa manera en Australia y haber trabajado en una gran firma de abogados, ciertamente estaba asqueado de todo eso.

El hecho es que venía en mi auto, cuando de pronto comencé a sentir que el camino que siempre había hecho familiar comenzó a cambiar tenuemente, y cuando pensaba que se trataba de la percepción del tiempo y los cambios a lo largo de los años que no estuve, me di cuenta que aquello no era una pareidolia mental, sino que aquella carretera donde iba no era la carretera de Romit que yo conocía. Aquella carretera era otro lugar. Y entonces no sé por qué, pero mi miedo se disparó de golpe, y enseguida me detuve un segundo a ver qué estaba pasando. Y al ver por el retrovisor a lo lejos advertí una carretera serpenteante de decenas de kilómetros que no me había percatado, y a los costados interminables campos de maíz y otros cultivos de follaje alto. Y a lo lejos grandes montañas verdes. Claramente aquello no era Romi Hill aquello era otro lugar.

Inmediatamente intenté guiarme por el GPS, pero falló totalmente Y qué decir una llamada telefónica. Por experiencia y pericia sabía que en esos lugares por lo regular fallaban los GPS y los celulares, por tanto, venía preparado; traía un mapa de esa zona, pero mi sorpresa fue mayor cuando en el bendito mapa no apareció este lugar.

Quise pensar que era un error de los malditos geógrafos o sepa quién hacía esos mapas, pero maldije un par de veces la marca esa que vendía esos mapas de mala calidad. El caso es que no sé cómo había llegado allí, pero me dije que todo se trataba de un error, y debo haber tomado un camino equivocado cuando me desvié de la carretera interestatal. "Maldita sea", me dije. "Tendrás que conseguirte una novia de aquí si no vas a estar equivocándote de camino", añadí en ese momento entre risas nerviosas. No transcurrieron ni 60 segundos cuando el claxon de una furgoneta 1930 pasó a mi lado dentro se podían observar un par de sujetos vestidos con elegancia de los años 30 que me dieron una fugaz mirada. Pensé que aquellos sujetos estaban grabando algún video para ir m vestidos de esa manera. No le hice mucho caso salvo que la placa trasera no concordaba con las placas modernas del estado de Texas, por lo que intuí que se trataba de un auto coleccionable, entonces aceleré de nuevo.

La única razón de por qué no di la vuelta en ese momento fue que moría de hambre. Para aquel momento ya había manejado más de una hora y regresar significaba que tardaría otras dos antes de comer un bocadillo. Fue la razón que continúe sin imaginar lo que vendría. Claramente estaba perdido, pero no iba dejar pasar la oportunidad en disfrutar un bocadillo de esos lugares me dije.

: Aceleré el Sedán y pasé rápidamente La furgoneta de 1950 que de inmediato por el retrovisor la vi que de un segundo a otro giraba hacia un angosto camino de terracería. Entonces me detuve un poco, porque me di cuenta que detenían el carro como a unos 10 metros de haber iniciado hacia adentro, y de repente me di cuenta que bajaban algo de la parte trasera. Como la carretera era recta pese a que bajé la velocidad pude advertir que bajaban a una persona entre los dos sujetos. Aquello se me hizo extraño, es cuando comencé a sentir inquietud más que miedo.

No le hice caso del todo. Pensé que me había equivocado o había visto algo como una silueta, pero de igual modo, aquello no me dejó de dar vueltas en la cabeza. Pasaron como unos diez minutos y me estaba impacientando de no ver ningún letrero para ver en qué comarca o lugar estaba. Algo extraño que también se me hizo fue que no se miraban carros muy común en cualquier carretera interestatal pese a que transitan menos, pero ya hubiera visto uno.

: Estaba algo impaciente, en mi mente me seguían dando vueltas y vueltas aquella escena de la furgoneta en aquel caminillo de terracería. Tras unos 30 minutos de no poder mirar ningún letrero en toda esa vía y de no ver ningún puesto a las orillas o algún poblado me dieron ganas de orinar, pero tenía miedo bajarme al menos rápidamente, debido a que estaba la inquietud de que: "aquello no era normal no era seguro estar allí:". Una vocecilla interna me decía una y otra vez: "vete vete Jacob, sal de aquí, corres peligro vamos". Ya saben el inconsciente. Cuando algo no va según el plan. Y es que todo el panorama hacia el horizonte era igual, una interminable carretera recta serpenteante que no tenía fin, y a los costados esos interminables y perturbantes campos de maíz y plantíos perfectamente lineados sin ninguna clase de personas trabajando.

Tomé una botella que tenía la mitad de agua, me tomé rápidamente el resto y sin contemplaciones mientras mantenía la velocidad introduje mi pene flácido que apenas logré introducir y entre acelerones tras un minuto pude vaciar la vejiga. Tras terminarlo la tiré por el ventanal. Y fue justo en ese momento que dije:"basta, es momento de regresar." no sé cómo había manejado tanto tiempo una hora dentro de aquel lugar o que no conocía. Y entonces el miedo comenzó envolverme. Para ese momento ya era a las cuatro de la tarde y por experiencia sabía que oscurecía como a las 6:30 o 7. por lo que deduciendo y haciendo cálculos la gasolina que traía apenas me iba a alcanzar en teoría para poder llegar si acaso al punto de Romit donde inicialmente tomé la carretera interestatal donde había un puesto de gasolina si es que realmente le atinaba.

Di la vuelta de inmediato y comencé a acelerar. No me estaba gustando para nada aquella situación. Por ese momento me estaba maldiciendo dentro de mí: "Por qué hice aquello". Como si algo me hubiese hipnotizado por unos momentos que hizo que tomara esa decisión, una decisión extrañamente incorrecta algo que yo en ninguna circunstancia en Australia hubiera hecho. La regla de oro de todo abogado es: "nunca hagas algo me podría perjudicarte más adelante" es una regla que siempre usaba en los juicios o casos que tenía, y es por eso que nunca metí en problemas con tipos peligrosos, porque siempre elegia yo el cliente. No me gustaba liarme con tipos difíciles.

De vuelta, una vez que había comprobado realmente que no conocía esa zona apagué la radio. Para ese momento no quería ninguna distracción, sabía que independientemente si había visto mal o no o había sido una pareidolia producto de mi excitación sabía que aquel lugar era totalmente desconocido a lo que conocía, y lo más extraño es que durante media hora ni un carro divise como si todo el mundo hubiera sido tragado por la tierra. Por fortuna traía un revólver con siete balas calibre .38 1945 que siempre solía traer cuando estaba en Romit. Es que mi abuelo un exmarine de la segunda Guerra mundial me la heredó como un regalo. A pesar que era algo antigua era bastante confiable. Al menos tenía esta arma conmigo, sin embargo, no sentía la seguridad de estar en un lugar seguro.

Pasada la hora luego de haberme dado la vuelta y no haber pasado ninguna anomalía en todo el transcurso, los pelos literalmente se me pusieron de punta, y el terror dentro de mí se disparó como si hubiera sido una explosión de pólvora. A unos 50 metros de mí una barrera de por lo menos unos cuatro troncos de árboles impedían el paso en la carretera. Aquella escena me saco totalmente de mi realidad. Cómo era posible que cuatro enormes troncos de árboles que ni siquiera se habían tomado la molestia de haberlos despuntado por completo estaban recién cortados y de un tamaño considerable que era imposible pasar en carro por allí y más aún ni siquiera moverlos.

: El clima estaba perfecto no había ningún indicio para que aquellos árboles estuvieran, allí una lluvia o una tormenta que los hubiera puesto ahí. Era evidente que detrás de esa acción había mentes inteligentes. Frené el auto en seco, obviamente no había forma de maniobrar en esa zona ya que los postes del cerco de los grandes sembradíos estaban al ras de la carretera, y era imposible siquiera esquivarlos. Miré rápidamente el tablero de la gasolina y el miedo se acrecentaba dentro de mí, no tenía ni la más mínima idea de quién había dejado esos troncos allí a propósito. Por qué una hora antes había pasado por allí sin ningún problema.

La cabeza me daba vueltas y vueltas. Mi respiración se aceleraba cada vez más por el miedo de estar siendo observado de algún lugar, o quizás era mi paranoia. Ante ese panorama desolador, tomé la amarga y dura decisión de regresar llegara hasta donde llegara. Esa gasolina que traía le calculaba al menos unas dos horas, una hora más de donde me regresé. Para este punto eran alrededor de las 5 de la tarde. Sabía que aquello se estaba tornando muy inquietante en mi mente paranoica, más allá de si fuera real o simplemente era mi mente que me estaba jugando una mala jugada sea como fuere maniobré el auto y me regresé a una velocidad un poco más alta de la que venía.

No tenía ni la más mínima idea de quién o qué estaba causando aquello, me sentía poco a poco como una presa acorralada. Abrí la guantera y saqué el revólver, quite de inmediato el seguro y lo puse a un lado de la caja de los cambios listo para cualquiera anomalía que representara un peligro. No duraría en volarle los sesos. el sol se había ocultado y no tener una explicación lógica de aquel lugar hacía que mi miedo aumentara por cada kilómetro que avanzaba.

"Cometiste un grave error Jacob ¿por qué hiciste esto? me dije una y otra vez". Y es que no era un hombre temerario, pero es que todo esto se estaba saliendo de control en mi mente. Justo cuando pensaba esto; como a unos 250 metros de aquella enorme y larga carretera divisé a la furgoneta que mencioné en principio a una velocidad un poco más alta, me dio algo de alegría en principio, pero luego los nervios en mi estómago se dispararon. Al preguntarme: ¿De dónde demonios salió esa furgoneta si no había ninguna desviación en todo el camino donde había manejado antes de que estuviera en los árboles? Aquello me dio una mala espina. Ante el peligro de que me emparejara, entonces pise a fondo sea donde sea que llevara ese camino me la iba a jugar. Poco a poco fui dejando el auto detrás hasta perderlo por completo. Continúe a esa velocidad sin detenerme, no podía confiar en nadie y menos en una zona como si estuviera sacada de un cuento extraño de horror. Había momentos que parecía que no avanzaba porque los campos eran parecidos todos, parecía que aquello estaba detenido en el tiempo.

Y entonces pasó aquello. Luego de una hora de haber dejado la furgoneta detrás de mí, en medio de la carretera aparecieron dos sujetos como de dos metros vestidos como en harapos. Todavía traigo en mi mente esa imagen, una imagen que me hace temblar. Uno de ellos traía el pelo largo hasta los hombres y sostenía un arco de flecha. El otro traía un hacha oxidada, pero de grandes dimensiones. A menos de 70 metros estaban cuando los vi.

Obviamente ante el peligro no iba a detenerme. Y entonces aceleré... El sujeto del arco clavo sus espantosos y vacíos ojos en mí, y acto seguido disparó. Hice una maniobra fugaz y la flecha pasó a un costado de mi cabeza por el retrovisor. El otro sujeto levantaba el hacha cuando logré llevármelo de corbata. La adrenalina hizo que todo pasara de un momento a otro sin sentir ni siquiera un pequeño dolor cuando poco a poco metros después no pude maniobrar y perdí el control del auto. Le calculo que fueron unos 50 o 60 metros donde impacte al sujeto hasta dar con la cerca.

Por fortuna no salí herido. Como pude salí apresuradamente del auto destrozado de un lado luego de haber pegado en un gran poste de uno de los soportes de aquella cerca. Y sin hacer un plan, enseguida me introduje en ese campo de maíz, y comencé rápidamente a correr entre sus surcos. Ni siquiera tuve tiempo de pensar que estaba pasando. Agradezco a ver aceptado aquel regalo de mi abuelo, porque en ese momento llevaba mi revólver, que me daba un extra de seguridad que en dado caso no la hubiera llevado. No obstante, dentro de mi corazón parecía que estaba corriendo en círculos, y me sentía indefenso. Solía pellizcarme mientras avanzaba por aquellos surcos que parecían un maldito laberinto, todo parecía igual pensaba que estaba un sueño. "Despierta Jacob". Me decía. Pero nada pasaba. No salir de esa pesadilla. Desgraciadamente era real.

No tengo ni la menor idea qué hora es, pero podría calcular que son como las 7 7:30 el sol ya tiene un buen rato así. Ya debería haberse ocultado. Pero no. No comprendo porque continúa igual. Esto es completamente anormal. Siento que me estoy volviendo loco.

Tiempo después

Ya ha pasado alrededor de dos o tres horas desde que me salieron esos dos hombres en la carretera. Y ya debería haber oscurecido, pero sigue completamente igual. En estos momentos estoy en un pequeño risco detrás de unos arbustos, pero sigo sin ver dónde estoy. Solamente se ven interminables montañas verdes y campos por doquier. Estoy con bastante hambre.

¡Santo cielo! no puede ser que este pasando esto. ¿Porque a mí? Dudo que sea una maldita venganza de algún cliente descontento o algún rival de juzgado.

En estos momentos estoy grabando audio ya que no traigo la suficiente carga para grabar video. Estoy grabando esto como testimonio en todo caso no logre salir con vida de este lugar. Digo en dado caso alguien lo encuentre.

Estoy viendo a lo lejos desde donde me encuentro, se pueden ver unas tres docenas de hombres de tamaño considerable e igual con vestimentas muy extrañas. Sin lugar a dudas andan buscándome entre los surcos de maíz. Tengo mucho miedo. Grabo esto para qué haiga una constancia de lo que me paso. Tengo una teoría, aunque no sé si sea verdad, pero es una teoría algo siniestra. Se supone que yo conocía toda esta zona cuando era niño, pero toda esta nueva zona creo que son, bucles temporales, esos errores de la realidad que se abren. Entre entonces a una zona desconocida en el espacio tiempo porque no me explico dónde mierdas estoy.

No puede ser se están acercando, se escuchan perros ... Mis manos están temblando, apenas puedo sostener la revolver, pero indudablemente voy a disparar. ¡Oh no! (Susurré) Aquí están detrás de mí, escucho perros acercándose por detrás de mí, y no puedo darme la vuelta porque si lo hago, tal vez me encuentren más rápido. Mi respiración está completamente acelerada, pero parece que no entra aire en mis pulmones porque siento un ahogo.... ahhh ahhh. Ahhhh. (Gritos).

8

Gracias

El Más Maldito de los Libros

Todo aquel que lo lee no vuelve a ser el mismo - Sumérgete en el Horror Cósmico

Jarbet Akhar

Prólogo

En los anales de la historia olvidada, oculto entre los pliegues del tiempo y el misterio, yace un libro que ha sido buscado por generaciones de inquisitivos y temerarios. El más maldito de los libros de Abdul, una obra legendaria de la magia y el horror, ha sido una fuente inagotable de fascinación y terror desde hace siglos. A lo largo de los años, se ha convertido en el santo grial literario de aquellos que buscan los secretos más oscuros del conocimiento oculto.

Esta edición en español del Más maldito de los libros es un hito en la revelación de uno de los textos más enigmáticos jamás escritos. Las páginas que estás a punto de abrir te llevarán a un viaje inquietante a través de la mente y las obsesiones de un autor condenado por la historia. Abdul, conocido como el "loco de Arba", se atrevió a explorar las profundidades de la magia negra y la locura cósmica. Su legado, plasmado en estas páginas, es una mezcla única de terror, mito y sabiduría prohibida.

Contenido

Capítulo 1

He tenido mucho tiempo en este lugar y la verdad no sabría decir a qué hora y fecha estamos. Soy Abdul Alhazred y estoy escribiendo estas líneas porque en verdad no sé si saldré de este maldito desierto de Ruval Javil. ¡Ah! (lamento) Cuando me vine de Persia, vine en busca de secretos a este desierto infame.

Siempre viajé a lugares donde me representara algo de conocimiento, fuentes oscuras, pero este lugar ha sido demasiado para mí. Y eso que soy un consagrado mago y hechicero, pero esto va más allá de mí... de mis capacidades. Lo que encontré en estas ruinas desconocidas de sepa qué origen... Estoy temblando. No se supone que el gran mago Abdul Alhazred podría fácilmente manejar esto. Pero no. Esto ha sido demasiado para mí alma. Quisiera salir de aquí, pero yo mismo me he liado esto. Esto es terrible. Nunca imaginé que existieran entidades así. Seres con un poder inenarrables. Creía en los hechizos mágicos y en esas cosas antes porque probaba había probado todo eso alrededor de las tierras lejanas. Alla por mi bella comarca Hardila.

Cuánto me decidí emprender era un verano de 760 D.C Ahora me encuentro no sé cómo. Siento que las fuerzas me abandonan. No sé si es el terror indescriptible que he leído allá dentro. En ese maldito libro que dejé allá abajo en los túneles oscuro de esas ruinas. No sé, es algo que he visto ahí abajo, no sé qué es, pero es una abominación.

Escucho ruidos, pasos que se acercan... Debo decir que estoy sobre una colina ahora mismo. Una colina de piedra. Donde se ve una parte de este maldito valle desolado. Sobre lo alto de un montículo rodeado de interminables colinas zonas cordilleras montañosas sin fin. Al parecer he perdido el camino. He perdido el camino de cómo regresar. No tengo opción. Se me ha acabado el agua, se me han terminado los alimentos, y es que solamente tengo esta droga que me mantiene cuerdo, esta flor esta flor oscura, sin ella yo ya hubiera parecido.

Tengo que salir de aquí me dice mi mente, pero yo no sé cómo... Ya he lanzado unos hechizos, he lanzado algunas cosas. ¡Oh! (lamento). Desearía estar en Persia ahora mismo, pero eso no es posible ya. Debo decir que solamente he leído una página completa de ese maldito libro, y lo que leí fue el horror mismo. La locura manifestada. Eso fue horrible.

Solo recordar cada una de esas dos primeras líneas mi corazón se acelera indescriptiblemente y termino empapado de sudor, y eso que mi turbante no está sobre mi cabeza. Esta noche es una noche helada que penetra hasta mis huesos, pero yo no quiero volver a ese libro, me quedé en la quinta línea de la segunda página. No obstante, hay algo en mi mente que incita a volver allá abajo. Y leerlo completo.

Soy un hechicero, y bien saben que eso sí fuera algo normal un libro mágico negro o algo así, sin duda lo hubiera cogido y hubiera salido de ahí con todo eso. Pero esto que encontré es una cosa diferente, emana una energía más allá de mi entendimiento. En la cubierta hecha de cuero antiguo con una fecha que no podrías predecir. Pero es más antiguo que las montañas mismas. Al menos da esa sensación a la vista.

Quiero decir que esos signos arcaicos y diabólicos que se perciben blasfemamente a los costados de las hojas y esas figuras arcaicas hicieron que me detuviera de proseguir. Si tan solo en las primeras cuatro líneas leí algo que ni siquiera quiero volver a mencionar. Pero en el fondo de mi alma, hay algo que me incita me dice: "ve ve, sigue leyendo". De acuerdo a las lenguas aprendidas de joven que es el caldeo, persa y otros idiomas más esa lengua es una mezcla desconocida, pero, Pude entender. No sé por qué. Quizás se deba a que el sumerio original que mi maestro Arbajú me enseñó desde joven tenga relación.

Aunque no tengo idea de quien quién demonios escribió esta cosa infame que tenía sangre seca. Creo que sangre. Aún recuerdo..., porque la tinta roja no tiene esos tonos tan característicos, y puedo reconocerlo a simple vista. Tengo sed. Yo sé que ese libro esconde secretos infames. Esa cosa es la vida y la muerte al mismo tiempo. sí logro salir de aquí..., ¿regresaré? -me pregunto. no no... no voy a salir sin ese libro estoy seguro. La única manera que puedo salir es regresando de nuevo ahí abajo, aunque eso quizá represente mi muerte. Pero, pero no podría salir de aquí de este lugar tan desolado donde sonidos se escuchan y quizás manadas de lobos me estén esperando ahí abajo. Mis hechizos no son suficientes para detener a esas cosas o entes. Por eso necesito...

He perdido la noción del tiempo en este sitio. No sé si han pasado semanas, años o meses o sepa qué cosa. Ni en mis más locos pensamientos imaginaría esto que encontré ahí abajo en esas ruinas de ese palacio antiquísimo. Y es que es enorme. Les relataré un poco de lo que pasé allí:

"Solo sabía que llegué un día del mes de Herquishu un día de arqueo del mes lunar. Era verano frío, pero era muy buen día para explorar. Llegué yo y mi discípulo de arte oscuras Arkiu. Sabía de este lugar por un mapa que había comprado accidentalmente por curiosidad a un viejo llamado Farlu del este de Siria una provincia alejada, A las afueras. De acuerdo a su relato, fue encontrado al norte de Babilonia del desierto de Arlissa o Rubal. Ese mapa era antiquísimo eso sin lugar a dudas. Incluso, Arkiu mi discípulo quedó estupefacto

Pese a que dure cientos de años vagando por el mundo, probando diferentes conocimientos prohibidos – olvidados, al final creo que estoy cerca de mi final. Conocimientos mágicos no me ayudarán a alargar mi vida. Que la verdad ha sido demasiado larga, pero sobre este poder no tengo dominio. He probado algunas cosas, en mi amplio repertorio, pero nada nada aleja esa pesadez nada aleja eso que me cierne desde la oscuridad insondable. Hay algo que se acerca cada vez más y no sé qué es. Y hacen que mis temores salgan desde los más profundo de mi corazón.

Tengo una corazonada. Cuando dimos con el lugar de toda esta zona en el mapa, digo si aún recuerdo esta zona, porque al parecer todo ha cambiado. A como cuando Arkiu y yo llegamos. Ya no se parece nada. Parece que todas las cordilleras y zonas montañosas han cambiado del todo. Solo recuerdo eso, pero aquella zona arbolada no estaba, todo es caótico ahora. Por eso me es imposible salir ¿Por qué? porque realmente no conozco esta zona. Es por eso que una parte de mi mente dice que han pasado miles de años, pero no sé cómo. No encuentro una explicación. Pareciese que el mismo ha envejecido.

Veníamos muy contentos. Aquel viejo de arrugas exageradamente pronunciadas que me vendió ese mapa. Cuando quise contactarlo sobre una pregunta. Ya ya no lo encontré en esa tienda de antigüedades en el esa provincia de Persia, en el este de Siria. Luego de preguntar me dijeron que nunca hubo un viejo en esa zona, nada. No sé si fue una ilusión, pero el mapa lo tenía en mis manos y ahora cuando por fin nos aventuramos sin saber realmente si era verdad... pero la historia que nos había contado ese viejo O al menos esa pequeña historia una pequeña carnada para que nos aventuráramos a unas tierras lejanas, fue lo que necesitaba, según me decía mi curiosidad. Y llegamos después de un largo camino agotador, llegamos. Montañas, valles, laderas y picos tuvimos que cruzar para llegar al fin a la zona donde de acuerdo a ese anciano estaba algo que cambiaría mi perspectiva para siempre. Según él, que conocería la verdad de las cosas y que todo mi mundo se derrumbaría, cuando advirtiera eso que estaba allí en unas ruinas. Pero luego de días desmoralizantes de buscar logramos dar con la entrada de ese maldito lugar enterrado en algún lugar de las arenas del infame desierto perdido.

En primera instancia intentamos buscar como en todo palacio en ruinas, en la superficie, pero no. Lo encontramos en callado bajo la tierra misma de las arenas de este maldito desierto de Rubal Jali un desierto de consternaciones, demonios y sonidos surugales. Y ese silencio inescrutable que hace que tus pensamientos y sonidos se vuelvan contra ti. En aquel agujero de 3 m por dos estaba la entrada un poco inclinada, pero lo suficiente para no caer al fondo. Había uno que otro escalón para apoyarse y de repente había tierra y piedras destrozadas por el tiempo mismo, donde podíamos sujetarnos e ir descendiendo hacia abajo. El hecho es que lo componían decenas de pasadizos y secciones como rompecabezas laberinticos. Aquel palacio parecía haber sido abandonado hacia miles y miles de años. Al menos esa fue mi primera impresión.

Abandonada por sepa qué cosa. Era una construcción diferente a todo lo que conocía. Estaba seccionada por diferentes niveles, tenía escaleras extrañas y pasadizos y recámaras por igual. Arkiu se quedó sorprendido al igual que yo, es que todo aquello era tan extraño.

Luego de encender un par de antorchas en el segundo nivel luego de algún tiempo me detuve. Había unos signos extraños que jamás había visto y un lenguaje desconocido para mí. Digo desconocido porque pese a que hablaba siete lenguas antiguas, no conocía esa lengua tan extraña, o al menos deducir de donde provenía. En la parte inferior había un ser extraño, un ser sentado sobre una silla. Y al parecer era venerado por individuos según los jeroglíficos o lo que se asimilaba un jeroglífico muy diferente al cuneiforme. Esas representaciones eran de un dios y sus súbditos. En el medio se encontraba el principal de ellos adorándole. Pero sobre la punta de una lanza tenía como a un bebé de brazos dándosele como sacrificio a ese ser tan terrorífico.

Justo en ese momento Arkiu se puso muy nervioso. Yo no entendía por qué. Luego, de un momento después comencé a sentir algo también yo, como si aquella imagen o aquella escena nos hubiese despertado de nuestra realidad. Cómo diciendo: "cuídate hay algo aquí". Lancé varios conjuros y hechizos como despertando la conciencia para la protección de nuestra aura. Y entonces continuamos bajando hacia abajo sin saber con lo que nos encontraríamos.

Durante de varios niveles no había nada por lo que sentirnos contentos, solo ruinas y paredes colapsadas apoyada sobre la misma roca. Sabíamos que aquello no se derrumbaría porque estaba apoyada entre grandes peñascos por lo que continuamos bajando y bajando. La verdad que para aquel momento en dado caso no encontrásemos algo más, ya había quedado satisfechó al haber encontrado aquella escena en el tercer nivel. Aspecto que evidenciaba una construcción de alguna civilización perdida desconocida totalmente para mí. Pero lo que me había dicho aquel viejo que encontraría algo que cambiaría mi percepción de todo no lo entendía. El conocimiento es importante y no me iba a detener ante todo eso me decía una parte de mí. "El gran Abdul no se detendrá por esa representación inquietante en la pared, aunque estuviera estrujando mi corazón".

Luego de horas intermitentes nos detuvimos para ver algo de nuevo. Arkiu y yo al fondo casi de aquel palacio infame un largo pasillo oscuro hasta el horizonte de punta a punta. Desde donde estábamos luego de haber bajado unos diez escalones inclinados. Estábamos sobre la base de aquellas escalinatas cada quien con dos pequeñas antorchas en la mano mirando hacia donde el pasillo conducía a otro pasillo, y daba esquina aparentemente a otro. Probablemente era otro pasillo que conducía a otro y a otro. Arkiu inmediatamente se apresuró a correr, pero yo lo intenté detener con: "espera Arkiu". Pero él no me hizo caso. Avanzó con la antorcha como cuan mozo va a su doncella. Giró sobre aquella esquina y avanzó. Como si estuviera poseído por algo, aunque aquella posesión fuera simplemente de la curiosidad innata. A la aventura y a encontrar cosas.

En ese momento las dos antorchas que sostenía comenzaron a tintinear. Algo inaudito sucedía. Mi corazón me dio un vuelco, los latidos comenzaron a incrementarse al punto que sentía que se me iba a salir del pecho. Me dije: "maldita sea Arkiu ¿por qué haces esto?". Cogí un puñado de polvo de Arbalat que traía en mi bolso enlazada en mi pecho, y arrojé unos pequeños cantos, y el polvo de la nada iluminó la zona adelante y a los lados de mí por al menos unos segundos. Además, aquello en teoría alejaría cualquier cosa que estuviera cerca o se aproximará. Aceleré El paso con la intención de alcanzar a mi renegado discípulo. Y giré a aquel mismo pasillo donde Arkiu segundos antes había girado.

El otro pasadizo que seguía estaba igual a oscuras y bastante largo. Ya no había señales de Arkiu en ese momento, por lo cual no quise gritar porque el eco en esa zona era espantoso. Pero totalmente espantoso. Rebotaba sobre ti. Era como si un millón de demonios gritaran y se abalanzaran sobre ti. Y hacía que tu corazón se estrujará. Quise volver en ese momento. Algo me decía dentro de mi: "vamos Abdul vuelve vuelve". Pero no obedecí a mi conciencia.

Terminé como pude aquel pasillo de piso resbaladizo, indudablemente aquel palacio era antiquísimo. Y esa zona tenía un decorado distinto de todas, al mes esa zona. En ese momento finalizando el último pasaje giré el último que al parecer había donde al final se mostraba una pequeña apertura del tamaño de medio hombre, apenas para un hombrecillo pequeño. Arkiu era más pequeño que yo si acaso medía 155 metros, era pequeño. Y es que no es que yo fuera tan alto.

Cuando me fui acercando, sabía que podía pasar aquella entrada. Antes de asomarme, probablemente empujé esa pequeña puerta de cerrojo no sin antes susurrar: "A -r -i-u ¿estás ahí?". pero no respondió. Traté de iluminar con mi antorcha aquella recamara oscura o sepa que era. Y un frío extraño emanaba ese lugar. Inmediatamente volteé hacia atrás y la insondable oscuridad a mis espaldas del pasillo me hizo estremecer como nunca lo había hecho nada antes. Y eso que había estado en muchos lugares del mundo donde los espíritus peligrosos yacían y cosas peligrosas se podían contemplar, pero esto era algo diferente que no tenía explicación alguna.

Sabía que ahí abajo no había nada, no había nada. Sabía que en ese lugar ni siquiera espíritus posiblemente habitaban. O al menos si lo hubiera nada peligroso para mis conocimientos. Pero estaba equivocado. Había hay energía que emanaba toda esa zona. Me hacía sentirme inquieto y no confiar en mis conocimientos mágicos.

Cuando por fin reuní el valor y me adentré en aquella recamara, llamé un par de veces susurrando a mi discípulo, sin embargo, en ese momento la única antorcha que sostenía con mi mano derecha comenzó Bailó a bailar como si un viento la golpease pero que yo no era capaz de percibir ni de sentir. En ese momento me di cuenta que aquello no era una broma porque savia que mi discípulo nunca hacía bromas. Y menos en un lugar así cuando andábamos explorando.

Aquello se me hizo totalmente misterioso. Totalmente extraño. La antorcha solo iluminaba alrededor de 2 m como si la atmósfera de esa zona fuera pesada y no dejará entrar la luz más allá. Era tan insólito aquello. Era un silencio ensordecedor. Un silencio que en crujía el alma y el corazón y lo hacía pequeño. Parecía que todos mis conocimientos en ese momento se volvían en nada. Algo era innegable, una energía oculta había ahí. No me imaginaba que era, pero no eran fuerzas demoníacas, de eso estaba seguro. Eran fuerzas más allá de la comprensión mi mente, me estaba volviendo loco en ese momento. Una parte de mi mente me decía que saliera de allí, pero otra quería quedarse. En ese instante ya no pensaba dónde estaba mi aprendiz.

Pero aquella antesala dirigía a diferentes pasillos. Como si fuera una ramificación conté varios, bueno ni siquiera los conté, pero eran entre 5 a 10 o no sé cuántos, pero eran pasillos mucho más angostos y algunos más anchos que se perdían en la inmensidad de no sé dónde, y me encontraba entre la disyuntiva de tomar uno. Porque bien sabía que mi discípulo seguramente tomó uno de esos, pero ¿cuál? pero ¿por qué no esperó? era mi pregunta. No sé cuánto tiempo pasó entre la disyuntiva, pero me decidí ir por el más grande el del medio.

Con pasos vacilantes comencé avanzar 1, 2, 3, 4... hasta que me di cuenta y ya estaba al fondo de aquel pasaje. Ese pasillo era más extraño que todos los anteriores. Los costados, el techo y el piso de aquel pasillo era totalmente diferente a la roca. Tenía símbolos muy diferente a la escritura cuneiforme, escritura jeroglífica o cualquier lenguaje de símbolos de la tierra que conociera. Ni siquiera intenté descifrar aquellos símbolos, mi mente me decía que leyera, pero ¿por qué? era un miedo lo sé, de encontrar algo puede ser. Pero no me detuve durante un buen rato. En mi mente se quedaban grabadas aquellas inscripciones inscritas en la piedra o lo que fuera.

Y entonces leyendo sin leer, me detuvo algo espantoso algo escalofriante. La entrada de una puerta enorme y decorada con una figura tan espantosa que ni el mi más loco pensamiento hubiese imaginado. Una criatura indescriptible si se puede llamar así. Aquella representación blasfema. Era totalmente una masa informe de aspecto cósmico y con ojos al parecer por todos lados, y protuberancias viscosas de relieve. En verdad no sé cómo describirla no podría hacerlo, pero me di cuenta que era una criatura, una criatura con tentáculos y de aspecto inteligente, claramente un dios de quienes. pero cincelada toda enderredor de aquella gigantesca puerta de 4 a 5 metros de ancho. Y entonces mientras leía y caminaba llegue al final y si, era una fuera. Desde donde estaba no se percibía que tenía abertura y tampoco sabía o cómo iba a pasar aquella entrada, o quizás era el final de aquel pasaje. Porque aquella puerta, era al parecer de pura roca o granito.

Para ese momento no me había advertido, pero todo indicaba que me había dado había equivocado de pasillo o quizás no, pero al parecer era el final ¿o no? me fui acercando... mi corazón casi se salía de mi pecho. Mi corazón latía poderosamente, mi respiración se aceleraba fatigosamente cada paso que daba. Quizás mi miedo no era regresar, sino aquella figura que había visto de tentáculos y con ojos por doquier, o quizás por los eones que tenía qué lugar.

Porque si hubiese visto un hombre con cabeza de algo no me hubiese dado miedo. Ni siquiera cuando fui a los vestigios de la ciudad de Uruk llena de demonios me sentí atemorizado. Tal vez fue la figura o sus medidas lo que me causo más pavor. Esos pasos que di fueron eternos.

Entonces me paré justo frente a la puerta enorme, tan grande como la puerta de Babilonia. El miedo era indescriptible. Volteé hacia atrás por el pasillo donde hacía unos minutos y vi la misma oscuridad encarnada. Y por primera vez mi mente me trajo a la realidad. Que estaba haciendo yo ahí. Cómo había llegado. Porque pese a que me encantaba todo lo relacionado a las artes misteriosas, sabía que aquello era sumamente diferente y peligroso. Porque ya había olvidado el regreso, porque en ese momento metí mi mano en mi bolso que llevaba, y descubrí que no traía otra antorcha... que las demás se los había llevado Arkiu y la que sostenía mi mano era de corta duración. Posiblemente sí seguí avanzando más allá sin fuego en aquella oscuridad tan impenetrable seria sumamente imposible de nuevo salir. Entonces dio un alarido mi alma.

Entonces cuando pensaba aquello, un grito espeluznante se escuchó que provenía de aquellas ramificaciones de pasillos por donde yo hacía minutos había caminado. Y entonces, me di cuenta que aquellos alaridos y aquellas voces inescrutable, una de esas voces era mi alumno y una de esas voces, las más macabras que he escuchado en mi vida, era de algo que atacaba o que hacía mella en el cuerpo de Arkiu.

Los pelos se me pusieron de punta, literal me quedé petrificado inmóvil con la antorcha en la mano izquierda temblando mientras tintineaba y se movía de un lado a otro. Y algo estaba devorando al muchacho. No sabía qué hacer. En ese momento quería darme la vuelta y salir corriendo por el mismo pasillo donde convergían los demás y ser devorado, por sepa qué criatura o qué entidad. Pareciese que no habría escapatoria de ese lugar porque no había más ramificaciones por el otro lado en ese final de ese pasillo oscuro e insondable, y de interminables jeroglíficos o signo. Solo que fuera a los costados pareciese que fuese una historia contada por alguien y algo como tratando de advertirle algo o simplemente eran simple especulaciones

Entonces me apoyé temeroso sobre aquella roca, y sin querer y no advertir de antemano; oprimí una especie de mecanismo, quizás un pedazo de roca movible incrustado en la roca, y entonces... la puerta comenzó a abrirse lentamente y resonó en todo aquel lugar terriblemente. Los niveles de mi miedo fueron abismales, un grado de espanto que en mis más locas pesadillas ni siquiera cuando andaba en aquellas tierras lejanas de Barklai cuando me enfrenté a aquellas cosas abominables, ni siquiera sentí esto.

Cuando por fin se abrió unos 90 grados se detuvo. De aquel lado la oscuridad era menos. De aquel lado había una estela de luz de algún lugar o procedencia que no podía ver. Es como si hubiese en algún lugar candelabros que iluminaban. Porque me llegaba la luz tenuemente, pero llegaba. Entonces, me armé de valor. Y pensé que era mi alumno y que había logrado llegar primero que yo. Entonces caminé y caminé, pero aquella sala era gigantesca. No pude ver pasillos, pero sí aberturas como puertas a lo lejos muchas direcciones. Aquellos candelabros antiguos estaban encendidos al final de cada entrada. Por lo cual la iluminación era era real. Sabía que no estaba alucinando.

Pude advertir que aquel lugar estaba habitado por alguien o algo, pero ¿quién? se me hacía improbable que mi alumno hubiese hecho aquello. encendido todos esos candelabros. Pero entonces el miedo de nuevo se cernió sobre mí. Luego de recordar lo que había pasado segundos antes quedé de nuevo helado. Es que mi mente no funcionaba bien en ese lugar. Parecía que olvidaba pedazos había momentos... Aquello me estaba dando demasiado miedo. Quería volver, pero no sabía cómo. Ahí me di cuenta me resigné. Sabía que no podría. Sabía que no podría salir fácilmente de ese lugar porque los candelabros que estaban encendidos y que pensé usar en dado caso se me acabara la mía, eran de roca fundida en la misma estructura. Era imposible romperlas. Entonces recordé un hechizo un par de palabras que mi maestro Ardilac me enseñó y que era capaz de hacer una especie de luces algunos distantes con polvo de tierra, pero no encontré tierra ahí, pero no había nada todo estaba perfectamente limpio. Los pisos de piedra reducida y los costados, pero tenía un aura inquietante, que esa estructura había estado aquí por millones de años.

Y de nuevo se escuchó en menor medida unos alaridos. Eran gritos de algo, de alguien, pero ¿de quién? eran humanos. Aunque No sabía si alguien externo a Arkiu me estaban jugando una broma. Los sonidos de la criatura está vez no se escucharon, solo una mezcla de gritos humanos. Entonces comenzó una voz en un idioma sumerio susurrando: "Abdul ¿quién eres tú? Eso fue algo tan extraño que pensé que estaba alucinando. Como si se tratara de una pareidolia mental. Por lo que continúe caminando.

Cuando por fin caminé un tramo había un pasillo muy particular que conducía a un lugar en lo alto muy parecido a un zigurat de los sumerios o acadios. Sobre aquella sala gigantesca había tres entradas. Fui caminando a donde estaba esa inclinación en lo alto en donde había cinco candelabros en derredor y en el que el fuego no bailaba, como es común en toda antorcha, como si estuviera pintada. Cuando menos pensaba yo ya estaba sobre la cima de aquel lugar. Sobre la cima había un altar y al pie de altar había una abertura suficiente en donde se vertía la sangre.

Sin lugar a dudas era sangre sobre la apertura porque estaba fresca, y fue algo que llamó mi atención y que hiciera que mi corazón se estrujara de miedo, pero que podía ser ya: ¿gritar? Volté inmediatamente hacia abajo, y la luz era suficiente para ver sombras y cuerpos. Pensaba ver a alguien o algo para al menos saber que estaba pasando, pero no no había nadie, solo era una atmósfera dura y cruda. Me sentía acechado. No sabía qué hacer. Me sentía como un niño siendo preso de algo muy oscuro.

Aquella sangre no olía a nada, pero era sangre frente a mí. De ese contenedor a los lados estaban los candelabros de oro y obras típicas con signos arcaicos. Pero en este lugar solo había pocos signos exclusivamente sobre la base de piedra de aquella zona. Había dos pasillos que conducía a la cima de aquello donde subí, y ahí estaba eso. En vez de una representación de un dios o algo así como era típico en Canaán donde los cananeos adoraban a sus dioses Baal él y Dagan o molek que pasaban a sus hijos sobre el fuego, aquí no había una representación de un dios, aquí había algo totalmente diferente. Un libro, un libro bastante grueso de hojas rústicas sin polvo aparente. Pensaba cogerlo al principio, pero me detuve. No sabía qué cosa tendría en dado caso una trampa o algo.

Ya había olvidado aquellos detalles, en que en ningún lugar los candelabros duran tanto. Me refiero, si aquello tendría millones de años ¿porque no se apagaban y no emitían el característico vaivén de La flama? y no era la flama que yo conocía. Sobre la base de aquel lugar donde estaba la sangre y hacia donde estaba el libro había dos escalones para situarse justo en el libro. Di dos pasos uno y dos hasta ver de cerca esa misteriosa obra. Cuando lo vi sentí algo dentro de mi alma que murió y que no volví a ser el mismo.

Cuando lo vi no le entendí nada. Pero, enseguida al parecer comprendí. Aquel libro estaba escrito en una lengua sumeria cuneiforme o en lengua proto sumeria la más antigua conocida. Pero porque lo que no entendía eran aquellos signos que estaban escritos en los costados de aquellos pasillos. Pero ese libro estaba escrito en proto sumerio muy extraño. Era algo sumamente misterioso aquello. Me di cuenta que no tenía lógica ni explicación. Si esos templos o palacios fueron construidos habían existido millones de años antes de que se fundara la primera ciudad Sumeria. ¿Acaso los sumerios habían encontrado ese templo- palacio? ¿había personas allí ahora mismo? mi corazón me daba vuelcos y más vuelcos, no sabía qué hacer. Mi mente me decía que ese libro contenía cosas cosas peligrosas. Podría ser un peligro tan siquiera estar allí frente a él porque probablemente había alguien que cuidaba el lugar. Y yo estaba

En ese momento mientras estaba como hipnotizado abrí la primera página no sé cómo lo hice, pero abrí ese el libro infame. Cuando miré los primeros símbolos... símbolos que de alguna manera pude entender, aunque no conociese. Mi alma se perdió, quedó atada a las fuerzas más oscuras del cosmos. Una parte de mí quería salir de allí una parte de mí quería despegar la vista de esa maldita cosa, pero mi cerebro se estaba consumiendo. Todo eso quedaría tatuado para siempre en mente. Traté de pensar algunos encantos para deshacer esa hipnotización o poder maligno que se cernía sobre mí, pero me fue imposible.

Pasé la primera página y comencé la segunda. Para ese momento ya había sabido secretos insondables que ni el más cuerdo de los hombres podría soportar una línea. Los caracteres resumidos eran cientos de cosas. Contenía tanta información en una sola página que le hubiera explotado el cerebro al hombre más hábil de la corte del rey Harnusal. Entonces recordando un pasaje del libro de los muertos egipcios del Faraon Batinop II. Sabía que podía funcionar. Sentía y sabía que si continua, aquello me iba acabar la vida mientras leía cada una de esas malditas líneas me debilitaban y mi mente vagaba a lugares insondables e inerranables llenas de entidades y seres más que inicuos.

El recinto estaba con un silencio más allá de lo ensordecedor en derredor mío. Recordé ese recital egipcio que era capaz de aplacar las entidades más malignas del panteón egipcio, así se llamaba. No sé cómo pude lograrlo. Creí que no iba a funcionar del todo, pero en una de esas: funcionó increíblemente un segundo, por un segundo, y me giré con la respiración ahogada Y entonces, lo vi ahí atrás de mí a unos metros de la base de la escalera de roca en el pasillo frente a mí. Lo conocía. Ahí estaba el dios amarillo Nyarlathotep el caos reptante vestido con una indumentaria al parecer sumeria. Sobre su cabeza llevaba una corona, así como brazaletes en sus esqueléticos brazos y algunos faldones. Sus ojos estaban enrojecidos totalmente que apenas se le podía ver la pupila dilatada. Aquello era demasiado demasiado demasiado pavoroso. El libro del Necronomicón hablaba en la primera hoja de este ser cósmico e insondable. El mismo tiempo le temía. Y entonces ahí estaba inmóvil, y yo igual mirándonos firmemente.

Tras un parpadeo, luego de que mis ojos se resecaran demasiado al estar mirándolo fijamente, la figura diabólica había desaparecido. Me froté los ojos en un intento por saber que aquello había sido algo real o producto de aquello mismo que estaba viviendo. Al final opté por la segunda, que aquello había sido una pareidolia mental producto de lo que había leído en ese libro. Di una mirada rápida a mi alrededor y cerré inmediatamente el libro, lo sellé. Entonces con un terror innegable dentro de mi alma y mi corazón que estaba muriendo dentro de mí salí por donde llegué con un favor descomunal. No sé cómo aún pude, no sé cómo le hice, pues es algo que no sé y no me explico... pero salí sin antorchas y nada por los pasillos oscuros. Es algo que nunca voy a olvidar si es que salgo de este valle. Y es que era imposible salir de ahí de esa manera.

La oscuridad era abrumadora. No podías dar un paso sin que te cayeses sin luz. esas construcciones... quizás no lo recuerdo del todo, pero mi discípulo Arkiu no sé qué le sucedió. Y es que no sé si todo ha sido una invención mía. Así pasó todo eso. Pero ahora me voy a levantar de aquí. Es algo raro... pero los aullidos de lobos se han cesado, ha vuelto el silencio estremecedor de hace tiempo.

No pienso de nuevo volver a Persia porque me he resignado a quedarme aquí... he decidido volver por el Necronomicón... Sacrificar mi alma al dios Nyarlathotep el caos reptante. Ese es mi destino, eso es lo que me han dicho las voces del libro. Tengo que quedarme aquí, es la única manera de apaciguar la furia del dios amarillo. Y no es un sacrificio para la humanidad. Es un sacrificio porque me deleito. Porque las cosas que he leído ha entrado en mi alma. JAJAJAHAEJHAJAJA (risas perversas) Nyarlathotep aluyiua felir amerkio aop senerwi guistef amishe dalem ameshi jaf ertemijosh....

Escalofriante

Historia de Suspenso y Terror

Alexander Ashter

"En el instante antes de mi muerte, vi el rostro de mi asesino en el espejo."
Edgar Allan Poe

Prólogo

Adaptada al cine "Escalofriante" arropa a una de las historias más terroríficas de los últimos años.

Dos historias aterradoras convergen, entrelazando el miedo en una experiencia que te perseguirá mucho después de que se cierren las páginas. ¡Disfrútalo!

Contenido

Capítulo 1

He abierto mis ojos, y esto parece un sueño. Lo único que recuerdo es aquella noche, cuando cené ese bistec... también cuando leí ese libro, pero no estoy seguro que libro. Siento confusión en mi mente. No estoy seguro dónde estoy. El hecho es que parece que estoy en una especie de cabaña o algo parecido. Una choza de quizás unos 5 metros de largo por dos o tres de ancho, no tan grande, pero tampoco tan pequeña. Y por lo que he notado, tampoco tiene ventanas. Me duele todo el cuerpo, como si estuviera en el preludio de un potente resfriado, pero no es producto de eso. (quejidos)

Voy a intentar levantarme, y voy a abrir la puerta al final de esta construcción. Claramente no sé qué está sucediendo, porque esto no parece un sueño o ¿sí? Pareciera que hubiese estado dormido durante años, volteo a los lados y no veo absolutamente nada más que las paredes y el techo roído por el paso del tiempo.

Por fortuna la puerta se encuentra sin seguro, y estoy a punto de abrirla.

¡Oh no! ¿Qué hago en un bosque? Esto es un bosque dios mío. El cielo está nublado. Trata de pensar Roger ¿qué te pasó? Y ¿por qué estás aquí? En medio de la nada y en una pequeña cabañuela.

¿Cuándo se supone que llegué aquí, y de qué manera? No puede ser, no recuerdo absolutamente nada. Se escucha un cuervo a lo lejos se escuchan sonidos extraños de animales en lo profundo de este lugar. Siento algo de inquietud solo pensar de entrar más en el bosque, pero esto no es normal, si no salgo de aquí ¿quién se supone que me va a rescatar? ¿acaso me emborraché y me perdí? Pero yo no tomo. Pero, este bosque es sumamente extraño. Se supone que h estado en muchos tipos de bosques en mis viajes de turista, pero este lugar es tan, me despierta una oleada de sensaciones que me hacen sentirme nervioso... Doy una mirada efímera a mis espaldas dentro de la construcción como resignándome. Pero ¿para qué? No tengo nada aquí para quedarme, nada que me ate a este lugar, tengo que saber dónde estoy.

Esos cantos de cuervos hacen que se me erice la piel, es que no es común esa clase de chillidos escalofriantes ¿o sí?

¡Santo cielo! ¡oh no ¡Acaba de posarse un pájaro negro del tamaño de un gato sobre aquella rama de un árbol! Se me ha quedado mirando con ojos diabólicamente rojos. Anda pajarraco ¡largo de aquí! vocifero con una voz un poco susurrante debido al nerviosismo, pero con la suficiente seguridad de espantar al pájaro.

Veo que no me hace caso, simplemente se me queda viendo con ojos furiosos, como si estuviese hipnotizado con mi presencia. Me está inquietando, y eso que estoy apenas en la entrada de esta puerta de madera roída por los siglos. Veo que la casa es de color grisáceo debido a la antigüedad de la madera. No está pintada al parecer, pero ha tomado un color grisáceo blanquecino, supongo es por los cientos o decenas de años que tiene esta cosa aquí, aunque siendo madera se me hace muy extraño que durase tanto y más por la humedad que suele haber en estos sitios. Quién se tomaría la molestia de pintar esta cosa.

Bueno. Dejemos a ese pajarraco aquí, creo que está loco. Porque si le tomo demasiada importancia el loco seré yo. Quiero pensar que es normal que los pájaros de esta clase infundan algo de miedo, y más si los veamos en un sitio amenazador.

He bajado un par de escalones de una rudimentaria escalinata que daba la entrada a esta choza. Y miedo a equivocarme, parece ser que fue de alguna manera un aposento de alguien, pero ya está invadida por follajes de toda clase de ramas, pero noto que no hay ningún camino a seguir, por lo que tomaré cualquier sendero que a mi parecer sea un posible candidato a que me lleve fuera de este bosque

¡O no! ¿qué es eso? Santa María y José, pero eso es... Me acabo de ocultar detrás de una mancha de árboles. No había caminado ni por lo menos unos 30 metros cuando acabo de ver algo que me ha dejado con el corazón dando vuelcos. Literalmente tengo la piel erizada con mil puntos del escalofrío. Hay una viejecilla encorvada sosteniendo un bastón y con una capucha medieval caminando a paso lento hacia la cabaña. No puede ser, ¿estoy soñando? esto debe ser un maldito sueño.

"Vamos Roger despierta del sueño, por favor. ¡Vamos! esto es una maldita pesadilla estoy seguro, claro que es una pesadilla, es un sueño saldré de esta. Pero por favor, ¿por qué por qué no despierto? Me está entrando miedo...

Ahora que hago memoria, esa vieja se parece a la anciana que se comía a los niños en el libro que estaba leyendo esa tarde. Ya recordé, la novela "del bosque oscuro", de Fabi Lovty. Ahí no. No no no...

Algo muy siniestro está pasando aquí. Se ha detenido. Nooo. no había visto esto sobre mi cabeza. Ayuda, no puedo gritar, mi voz no me responde. Pero sobre mi cabeza hay una, una mancha de cuervos que no emiten sonido. Han comenzado a salir algunos lobos del bosque acompañar a esa bruja demoníaca. Mi respiración se está acelerando. Tranquilo Roger tranquilízate, esto es un sueño, no te va a pasar nada. Pronto despertarás.

La vieja acaba de quitarse la capucha, oh ¿qué es eso? es una abominación espantosa. Su piel esta ensangrentada, tiene sus ojos salidos de sus cuencas oculares. Y parece que me está viendo. Noooo. comienza a carcajearse y comienza a caminar hacia mi... esto es un sueñooooooooo.

FIN

La casa de la tía Hermey

"¿A qué hora vas a llegar cariño?", se escuchaba la señora Hermey a través del viejo celular del señor Roberto, que conducía una camioneta Chevrolet 1954 de doble cabina. En la parte trasera venía Emily de 14 años su hija, y su hermano de 18 llamado Farb. La señora Ammy su esposa había hecho una llamada de último momento para informarles que prendieran la radio porque posiblemente se acercaba una fuerte tormenta invernal, aunque no era poco común por aquellas zonas en el condado de Orby Hill lo había hecho para que se prepararán y no tuviera ningún contratiempo ya que la noche se acercaba. Y todavía faltaba un buen trayecto por la forma en que el señor Robert manejaba.

"Claro cariño gracias por avisar, esperamos volver para la cena, ahorita prendo la radio". Respondió en el teléfono su marido mientras colgaba rápidamente para luego manifestar: "ya sabes cómo es su madre de exagerada".

Se nota que están impacientes por llegar a la casa de la tía Hermey dijo en son de broma su padre al tiempo que los dos muchachos hacían caras de poca emoción. El caso es que aquella visita a esas horas de las 4 de la tarde no era muy común. Y este viaje lo hacía porque el señor Robert hermano de la señora Hermey que se encontraba a unos 50 km km de la ciudad de Kirch había tenido algunos problemas con la calefacción, y cómo se acercaba el invierno su hermano Robert experto en plomería y gas iba a echarle la mano.

-Yo no quería venir papá. Manifestó la muchachita.

-Ya sé que no te gusta saludar a tu tía cariño, pero ya estás aquí. No podía dejarte con tu amiguita dónde te recogí.

-Lo sé papá, pero ya sabes, tía Hermey comienza a hablar de cosas raras y eso me aburre. Siempre hace preguntas totas, que si ya tengo novio y esas cosas.

- Síguele la corriente. Respondió su hermano, que para esa edad solía ayudarle a su padre en los trabajos de plomería y electricidad que hacía alrededor de la pequeña ciudad

-Estará rápido esto no tardaremos mucho. Dijo su padre ambos asintieron atrás.

-Oye papá, sabes iremos de vacaciones con la abuela este fin de año. Ya falta poco. Declaró Abbie.

- No lo sé depende que tanto trabajo tengamos, además tenemos muchos gastos todavía debemos bastante dinero luego de que tu madre se enfermó.

-Está bien padre. Dijo Emily algo apenada.

-Lo importante de que estamos bien y tu abuela también está bien.

Minutos después, mientras iban charlando la muchachita y su padre, el muchacho tenía la mirada clavada en algo que hacía que no pudiese tan siquiera decir palabra. Entonces un bache lo trajo a la realidad, y entonces con un dedo tocó el hombro de su hermana haciéndole la señal con la vista de que volteara hacia atrás del camino donde venían.

Al momento que clavó su mirada en aquello la carita de la muchachita cambio de color, se tornó pálida, y sus labios comenzaron a temblar. El joven trataba de emitir palabra, pero no podía, y entonces ante sufrido intento como pudo logro decir balbuceando. Pa- páaa aceleraaaaa hay algo que nos viene siguiendo.

Ante tal balbuceo el señor Robert giró de golpe la cabeza para darle una mirada fugaz a su hijo, y para su sorpresa pálido estaba. Inmediatamente posó su mirada al retrovisor, y una mancha de cosas negras se divisan tras la estela de polvo que dejaba la camioneta.

-No alcanzó a distinguir por el polvo ¿Qué demonios es?

-Padre, son lobos... más de dos manadas de lobos demasiado grandes... nunca había visto lobos así más que en películas. Son el doble de lo habitual. – Reveló su hijo.

-¡Santo cielo! -tartamudeó Robert una vez que había visto claramente la mancha distorsionada a través del retrovisor izquierdo. ¿Pero qué se supone que está sucediendo? - susurró al tiempo que pisaba el acelerador en aquella maltrecha carretera de terracería.

-Pero ¿por qué nos están siguiendo? Preguntó su hija aterrada por lo que estaba presenciando.

-Ahorita los vamos a perder a esos hijos de puta. Vociferó el señor Robert ligeramente enojado. Los chicos se voltearon a ver entre si como diciendo, ¿se supone que los lobos corren tras las camionetas?

El caso es que La zona donde vivía la tía Hermey estaba a unos 50 kilómetros de la ciudad de su hermano Robert inmersa en el condado Artum donde estaba un bosque de grandes extensiones. Y la cual solo estaba habitado por menos de 100 casas alejadas entre sí.

La hermana de Robert había enviudado hacia 15 años justo en sus 40, y eso le había afectado demasiado, no solía salir de esa comarca a menos que fuera demasiado urgente. Y cuando lo hacía se trasladada en un viejo volkswagen 1948 de su difunto marido el señor Dani Ofwel un ex militar de la segunda guerra mundial que era mucho más viejo que ella cuando se unieron en santo matrimonio.

Por lo regular el señor Robert no la visitaba en meses, por lo que aquella visita de último momento era para que le arreglara la calefacción dado que se acercaban inviernos duros y su hermana solía durar meses sin salir de su lugar. Es que en esa zona era difícil por no decir imposible sobrevivir un invierno sin calefacción. Los fríos eran duros.

-Ya los perdimos papá. Ya no se ven los lobos. -Gritó con cierta alegría Emily. Me dio mucho miedo agrego.

-Qué raro. Murmuró su padre, dando fugaces miradas por ambos retrovisores. -He venido por lo menos en los últimos 15 años unas, ¿qué serán? 30 veces a visitar a tu tía por lo regular solo ya sabes, no le gustan las visitas con su genio, y jamás he visto un lobo. Qué anormal. Tal vez pensaron que la camioneta era un gran toro o un animal. Han de estar hambrientos.

-Pero si así fuera, ¿por qué están tan grandes padre? - comentó su hijo mayor.

- Bueno eso sí, son intimidantes y la mayoría son negros. Aunque, probablemente sea la distancia que los vimos quizás haya sido una simple apariencia.

-Puede ser musito su hijo incrédulo ante aquella probabilidad.

-Voy a llamar a tu madre dijo el señor Robert. Acto seguido trato de hacerlo, pero la señal comenzaba a fallar.

-¡Maldita sea! Lo que faltaba.

-Padre ¡mira! está comenzando a nevar. -Vociferó Emily.

-Maldición. Susurro para sí. No podemos darnos la vuelta, tenemos que llegar con tu tía arreglar el problema y regresarnos de inmediato. Por lo menos tardará un par de horas para que arrecie, suficiente tiempo para salir de este lugar tenemos. Aseguró.

Bueno esperemos que así sea padre.

Claro hija, nunca he fallado atinándole a estos climas de la zona. Y eso que tenemos unos 20 años que nos mudamos aquí.

Dentro del señor Robert había una cierta inquietud ya que en toda su historia viviendo por aquellas zonas nunca había visto lobos persiguiendo a personas. El único ataque documentado había sido hace 40 años.

Tiempo después

" ¿Hace cuánto fue la última vez que viniste cariño?". Manifestó Robert dirigiéndose a su hija/

"No se padre, creo hace 4 años.

-Ah ¡mira padre! ya casi llegamos apuntado con el dedo hacia fuera su hijo al tiempo que daba unas rápidas miradas hacia el derredor. A la distancia se podía observar una desviación de dos carreteras que se separaban una hacia la casa donde vivía su tía y otra carretera más adentro. Robert tomó el camino donde estaba un rótulo donde decía kilómetro 50.

-Como a 5 minutos llegamos. Expreso emocionado, para luego añadir. No me gusta venir por la terracería hay muchos hoyos.

Tras un corto trayecto por fin divisaron la enorme casa de madera aspecto antiguo de su hermana. Casa que había heredado de su difundo esposo.

- ¿Qué demonios ha pasado aquí? - Manifestó su hermano sorprendido desde la distancia. -Han de ver sido los vientos invernales, pero las cercas están caídas. Pobre de mi hermana, le he dicho con nosotros puedes estar bien para que sufrir esto. Sola ella aquí.

Tras dar una ligera inspección con la mirada el señor Robert giro un poco la cabeza para dar una mirada hacia atrás, como tratando de cerciorarse que no hubiese ningún lobo a los lados. Obviamente no quería ninguna sorpresa. Trato de llamar de nuevo a su esposa, pero sin conseguirlo.

-Bueno, hemos llegado, bajemos de inmediato y entremos. Ordenaba su padre al tiempo que salía y sus hijos le seguían en dirección a la casa. Iban a pasos rápidos, es que de alguna manera el miedo les apuraba no querían encontrarse de ninguna manera con una manada de lobos hambrientos. Entre los 12 metros que separaba la entrada de donde dejaban el auto a la casa.

Tras llegar a la puerta tocaron, pero tía Hermey no abrió. Tras 3 intentos el señor Robert abrió y para su sorpresa estaba no tenía seguro. Entraron todos y cerraron tras de sí.

Dentro se podía percibir un silencio espectral.

-Hola hermana, ya llegamos. Vi tu mensaje de voz vine arreglarte el problema. Hola, ¿hay alguien en casa?

Tras unos saludos y de no recibir respuesta Robert se dirigió a los pisos de arriba no sin antes decirle a sus hijos que les esperasen ahí en la recepción de la sala.

El señor Robert subió y con "hola hermana" fue revisando habitación tras habitación sin resultados. La casa era enorme, tenía al menos 10 habitaciones en la parte de arriba y abajo unas 5 dividiéndose entre la cocina y otros cuartos. Cuando había revisado las 10 habitaciones sin éxito se dirigió a la habitación más al fondo que es donde dormía su hermana.

-Hola ¿estás dormida hermana? Hola.

Tocó 3 veces y entonces se atrevió a entrar. Tras inspeccionar levemente, giró sobre su cuerpo y pensó: "mmm ha de haber salido, pero, espera su auto está ahí". Ante una mala corazonada, entonces se dirigió a una gran ventana que daba vista hacia el bosque. Y entonces la miró...

Con la boca totalmente abierta y sintiendo un escalofrió el señor Robert salió despavorido de la habitación mientras gritaba: "chicos, chicos". Ante ese murmullo incesante los chicos subieron un poco las escaleras al encuentro de su padre. Lo miraron pálido y le preguntaron a coro:

-¿Que sucede papá?

Dio una mirada fugaz a ambos y volteo arriba.

-¿Tenemos que salir de aquí?

- Que pasa padre. Inquirió su hijo.

Tragó salivo y respondió susurrando. -Mi hermana esta atrás de la casa como a unos 50 metros antes de iniciar el bosque totalmente despedazada. Y ya saben quiénes fueron los culpables. Los hermanos se miraron entre sí. El padre volvió a subir rápido y se dirigió al cuarto de su hermana nuevamente.

-Tu espera aquí afuera hija. Ordeno su padre.

- Tu ven Farb echa un vistazo. Le dijo a su hijo más grande.

Y entonces el terror se cernió completamente sobre ellos ante la macabra escena que estaban presenciando. Cientos de lobos alrededor de la casa o hasta donde podían observar por la venta. Se podían ver algunos devorando los restos de su hermana. Y no era una mentira, eran enormes. Mucho mas grandes que los que había visto en su vida.

El señor Robert no tenía explicación ante aquel evento insólito.

-Son los mismos padres. Susurro Farb. -No podremos salir.

Su padre lo miró y dio una fugaz mirada al suelo. -Mira nos están viendo. Son enormes. -Masculló su hijo. ***Entonces comenzó el terror.***

Los enormes lobos comenzaron a querer entrar a la casa. El pánico se hizo indescriptible. Entra a la habitación hija le grito su padre de inmediato al tiempo que corría hacia la puerta.

-Ayúdame a poner este ropero y esta cómoda hijo. Le ordeno al tiempo que atrancaban la puerta con fuerza y ponía toda clase de objetos.

-Tengo miedo papá susurraba su hija sentada sobre la cama de su tía.

Toma este palo le dijo el señor Robert a Farb, y el tomo un cuchillo de un cajón de su hermana.

Los ruidos brutales abajo se escuchaban. Se escuchaban que estampaban sus cuerpos rabiosos en la puerta. Y tras unos minutos el sonido de la puerta cayendo ceso. Y es cuando el señor Robert comprendió que aquello era el final....

Pesadilla en el Planeta Desconocido:

Novela de suspenso y terror

James Fernel

"La existencia de la realidad es una cosa asombrosamente extraña. Incluso aquellos que la estudian, y quizás aún más, a menudo encuentran que su conocimiento se hunde cada vez más en un agujero de incomprensión y misterio."
Thomas Ligotti

Prólogo

En los rincones más oscuros del espacio, una pesadilla se desencadena. Herny Fernel narra una odisea aterradora en un planeta desconocido, donde seres siniestros acechan en la oscuridad y la supervivencia se convierte en un juego mortal. Una historia de suspense y terror que te atrapará desde el primer instante.

Contenido

Capítulo 1

Me encuentro solo. Soy El único sobreviviente de la nave interestelar Rafael1 que se estrelló en un planeta desconocido. No tengo la menor idea de en qué lugar estoy, pero sé que me encuentro en un lugar inexplorado por los exploradores de la compañía. Lo que nos atacó, quizás sea algo desconocido, o no sé cómo llamarlo.

Viajábamos al planeta Rocoso U18. Nos dirigimos al planeta minero simplemente para una tarea de reconocimiento. Ese planeta pequeño estaba alrededor de treinta días de la tierra y había una plantilla de trabajadores de alrededor de 50 con maquinaria pesada excavando algunas zonas, extrayendo metales y minerales importantes que luego se extraían y se refinaban en algunos puntos de la tierra para la creación de diferentes productos de alta tecnología.

Éramos 25 miembros del equipo 1 de la compañía que nos dirigíamos rutinariamente para dar seguridad alrededor del planeta rocoso unas 70 veces más pequeño que la tierra, pero de regiones desconocidas totalmente, aunque en teoría ningún peligro latente, debido a que era un planeta con solamente una cadena de seres vivos de enjambres moscos y esas cosas, obviamente de aspecto extraño. Y con muy poca agua en estado líquido.

A mi escuadrón le tocaba venir al menos dos veces al año, ya sea a principios o a finales, y durábamos por lo regular una semana o máximo dos, luego éramos reasignados a otras zonas como satélites. Cabe mencionar que para el año 2065 en el que nos encontrábamos, la tierra se había vuelto lo suficientemente tecnológica para haber viajado y colonizado alrededor de 15 exoplanetas y satélites con oxígeno en mayor o menor medida, pero no habitables del todo alrededor del sistema solar, pero con suficientes recursos energéticos.

Las rutas comunes trazadas de las naves no salían ir más allá del sistema solar de Plutón por esas zonas por lo cual eran rutas trazadas y muy conocidas. Mis compañeros y yo esa vez viajábamos a otra misión más, nada fuera de lo común. De hecho, faltaba poco por llegar, quizás unas horas a la parte más alejada de las rutas de la compañía es decir a unos 800 mil kilómetros, que en términos espaciales son nada. Y entonces ante tal normalidad, algo nos golpeó por detrás. En ese instante no sabía que estaba pasando, deduje que era un trozo de meteorito o algo así. Porque no era común que ninguna nave fuera del gobierno de compañías externas a la tierra se podía observar, ni siquiera había el ser humano contactado con seres inteligentes de otra del mundo para preocuparse por seres así.

El golpe fue terrible. El casco de protección fue dañado en la parte trasera y comenzamos a desviarnos. Tomamos rumbo desconocido por el espacio profundo. Los sistemas de comunicación comenzaron a fallar y todo se apagó. La nave interestelar Rafael1 con la capacidad de 100 tripulantes y de una extensión de alrededor de 35 metros de largo por 8 de ancho y doble piso fue cayendo a velocidad vertiginosa y sin dirección inteligencia al espacio profundo sin control.

Navegamos alrededor de 48 horas terrestres resignados a morir impactados por asteroides o sepa qué cosa. Por fortuna en un principio resistió el embate de algunas nubes de polvos y esteroides debido al casco resistente frontal de la nave, pero de pronto la nave comenzó a caer en picada hacia un planeta totalmente siniestro y sombrío, pero con la luz suficiente de un sol que estaba muriendo.

Luego de intermitentes minutos y con la resignación de que íbamos a morir en ese mundo al impactarnos, recé mi última plegaria, en mi mente estaba mi familia, en la tierra mi hija que acaba de nacer y su madre que pronto iba a quedarse sola. Nos dirigíamos a un impacto inminente ante aquel planeta desconocido. Junto a mis 25 compañeros de fuerzas de seguridad de la compañía cada quien, con sus sueños e historias por venir, la mayoría jóvenes que no pasaban los 35 años.

Y entonces ante la sorpresa mía, la nave soportó el impacto de aquella colosal energía. Pero todo se debió a que este planeta tenía una atmósfera extraña, sumamente anómala. La roca era un poco menos resistente, se podría decir con respecto a la roca de cualquier parte del universo conocido.

Logramos salir con vida la mayoría, no sin antes habernos encontrado magullados por el impacto. De los 27 elementos de seguridad ex soldados del ejército estadounidense, solamente sobrevivimos 18 para ese momento. Hicimos todo lo que estaba en nuestras manos para lograr comunicarnos con la base que estaba en el planeta Rocoso U18. Desafortunadamente, los sistemas de comunicación estaban totalmente muertos y dañados. Y era imposible comunicarse. Todo el sistema de la nave central estaba totalmente apagado. Los motores colapsados y totalmente averiados.

De acuerdo a las palabras de preocupación de nuestro ingeniero y experto en tecnología de la compañía aquello era imposible de arreglar sin componentes necesarias que únicamente había en la tierra. En el fondo había una desesperación colectiva. Pero de alguna manera había una oportunidad de salir de allí, al pensar que la compañía lanzaría algunas naves para la búsqueda de nosotros como habría pasado ya en una ocasión a un grupo de ingenieros, que al final resulto averiado en un pequeño asteroide de varios kilómetros. Al menos no habíamos salvado del impacto colosal que si fuera otro planeta con las condiciones normales ya no estuviéramos con vida, y hubiésemos quedado hecho polvos. Aunque el planeta era completamente extraño parecía una cadena montañosa brutalmente amplia sin fin. Todo el planeta daba la impresión de estar sumergido en una tarde noche eterna de las 6 o 7. Se podía ver, pero no también como quisiera, al menos de cerca se podían ver los rostros, pero más allá no.

Tras una hora recuperándonos del estado de shock que significaba aquella situación. El comandante Harvey ordenó que tomáramos nuestros equipos. Inmediatamente cada uno tomó su mochila y todo su equipaje con armas. Nos pusimos los cascos con linternas. Tomé mi fusil calibre 44 f4 similar al R15, pero más moderno. Cada uno tomó las mascarillas presurizadas de oxígeno lento capaz de poder salir en dado caso ese mundo no tuviera oxígeno como indicaba según el lector automático de pila que tenía la nave que no necesitaba energía para funcionar. Marcaba que la gravedad de ese planeta era alrededor o muy parecido a la tierra sumamente extraño. Ante tal dato perturbador, el comandante Harvey ordenó salir de la nave e inspeccionar como era ese mundo. Al menos en esa nave había alimento suficiente para el menos medio mes, pero no podríamos confiarnos demasiado, por lo que de inmediato buscamos una solución.

El comandante ordenó que se quedaran seis dentro de la nave estrellada por cualquier cosa, y que esperaran nuestro regreso. Habíamos quedado varados en el fondo de una cordillera estábamos a merced de todos los flacos en dado caso hubiese peligro. Esa zona parecía que hacía miles de años había formado parte de un rio, pero quizás se debía a la misma erosión de agua líquida que solía pasar cada cierto tiempo. aunque para ese momento indicaba que estaba seco.

La sensación fue escalofriante recuerdo cuando comenzamos a salir de la nave y dar los primeros pasos en ese mundo... Se sentía tan extraño el ambiente. El aire era seco lo sentíamos en la piel. Por órdenes del comandante nadie se quitó la mascarilla presurizada. Al menos podría durar alrededor de 6 o 7 horas el oxígeno sin problema antes de volver a la nave y recargarlo en dado caso que el oxígeno de ahí fuera peligroso y estuviera mezclado con otros gases. El comandante Harvey tomó la delantera sobre aquel valle. Las rocas eran extrañas al tacto y peso. Daban la impresión como si fueran esponjas endurecidas. Y fue justamente por esa anomalía por qué nuestra la nave no se destrozó totalmente.

El comandante indicó que tomáramos todos postura de combate defensiva con los fusiles en alto, marcando una distancia entre uno y otro, justo como si hubiésemos ido marchando hacia el enemigo. Y lo hicimos por prevención en dado caso...

Y así comenzamos a caminar caminar y caminar. Claramente aquel planeta era muy similar a la tierra en cuanto a la gravedad. Por lo cual el cansancio no se hizo esperar. Pero algo raro comenzó a ocurrir de repente. Tras el transcurso de unas dos o tres horas previo a un ambiente sexo y cálido de alrededor de unos 28 grados, comenzamos a sentir un frío helado, fue algo que nos tomó por sorpresa, para luego por si no fuera poco, un viento muy fuerte comenzó a combinarse con el frío, para luego de unos minutos el frio quitarse.

De pronto el viento arreció más, más y más y el miedo comenzó a sentirse entre todos nosotros. Desconocíamos si aquello era natural producto del planeta mismo o algo estaba provocando esa anomalía. El comandante Harvey inmediatamente ordenó avanzar hacia algunas pequeñas cuevas o lo que se asemejaban en lo alto de algunas montañas que se miraban a lo lejos. Así lo hicimos. De inmediato Comenzamos a movernos como pudimos a escalar algunas zonas Y entonces cuando íbamos a mitad, algo comenzó a tornarse peor aún, de por sí el ambiente ahí era como una tarde era como a las 7 de la noche sumándole a la ventisca fuerte, entonces un humo oscuro como una densa niebla comenzó a teñir toda la atmósfera del lugar. Ante aquella escena desoladora, nos esforzamos el doble a correr más y más y más para llegar hacia arriba.

Entonces algo comenzó a salir de la De la oscuridad de la niebla, y comenzó a llevarse algunos de nuestros compañeros que iban en la parte trasera, porque los gritos que escuchaba eran aterradores. No había opción a detenernos. Pero de reojo pude advertir. Las sombras los alcanzaban y enseguida los gritos más horrorosos y siniestros que he escuchado se podían escuchar por unos segundos. Resignados a parecer ahí los que llevábamos la delantera hicimos el último esfuerzo por huir de esa niebla que se acercaba vertiginosamente hacia nosotros.

Esos últimos segundos antes fueron eternos, pero logramos llegar a la cueva de la pequeña entrada. Por desgracia, algunos más que se quedaron atrás fueron alcanzados y devorados por sepa que cosa. Una vez dentro de la cueva respiramos fatigosamente, Aunque no sabíamos si realmente estábamos a salvo en ese lugar. Conforme pasaban los minutos más y más, toda la zona exterior de todo ese valle parecía que se había cubierto de esa neblina oscura y siniestra Porque a lo lejos todo era peor que la noche más oscura.

Únicamente, llegamos 8 de los 13 que salimos de la nave. Aquella cueva era pequeña, una cueva natural erosionada por el mismo tiempo de profundidad de alrededor de 3 m de alto por unos dos de ancho, y la entrada eso sí un metro de angosta. En el fondo de esa gruta cueva, todos nosotros apuntábamos nuestros fusiles hacia la entrada.

Todos apuntábamos con nuestros fusiles así la entrada dispuestos a disparar por cualquier cosa que entrara. Y entonces la niebla comenzó a sentirse más y más que pronto la oscuridad fue insondable, incluso nuestras lámparas no pasaban más que un medio metro, es como si esa oscuridad fuera la misma gravedad misma comiéndose a la luz. Nuestras lámparas las apagamos por unos momentos porque comenzaron a escucharse gritos en la parte de abajo, y para evitar ser vistos hicimos eso.

Miedo era indescriptible, pero no podía evidenciarlo, todos tenemos miedo, la diferencia es como actuamos con ese miedo. Y ante tal situación, no iba a comenzar a gritar y a fallar. Entre los ocho la respiración era incesante, nuestras manos sudorosas temblaban, y el dedo en el gatillo se entumecía. Indudablemente aquel planeta estaba habitado por algo, pero ese algo era demasiado poderoso y escalofriante. No hay calificativos o palabras para escribir eso que salía de la niebla. no era nada conocido a lo que no habíamos enfrentado antes

Y entonces unas criaturas de cabezas esqueléticas y brazos huesudos con muy poca carne, en síntesis, unas abominaciones como tumorosos color carne viva y muerto, se asomaron por la abertura. Nuestras luces se prendieron al son de los disparos. Todos los ocho cargadores se vaciaron luego de impactar en esas cosas. Ahí nos dimos cuenta que las abominaciones eran mortales, indudablemente, porque el fuego los hizo que cayeran al vacío rocoso. Ante esa reacción, inmediatamente cargamos las armas de nuevo por si acaso venían más. En ese momento la adrenalina estaba a tope, y el miedo se había disipado por un momento de Victoria luego de haber disparado y haber hecho mella en esas cosas.

Pero no sabíamos si vendrían más en estampida. Claramente andaban ahí afuera más y más. Cada uno de nosotros solamente traía cinco cargadores, y un cuchillo. Mientras tanto, los radios de comunicación estaban muertos. En nuestras mochilas simplemente traíamos ración de comida para un día. Jamás imaginábamos que esto pasaría. Que semejante peligro acechaba.

El comandante Harvey cuidadosamente camino hacia la entrada con su fusil en lo alto. Quería cerciorarse de que aquellas cosas no vinieran. Porque casi inmediatamente de aquello, la niebla se había disipado al parecer afuera y la luminosidad al exterior del planeta era diferente, más despejado. Tras una fugaz mirada hacia afuera del horizonte, se dio cuenta que no había nada, y es cuando susurró:

"No sé si eso fue real, no sé si eso fue producto de nuestra imaginación colectiva, pero tenemos que salir inmediatamente de aquí. No conocemos los ciclos del planeta si todo esto sea normal o no".

Ante todo, eso, nos pusimos en acción. Estábamos como mucho a unos 4 kilómetros de la nave. El problema es que si llegamos a la nave ¿qué íbamos a hacer? no teníamos ningún plan B en ese maldito lugar. Todos los sabíamos muy bien en nuestros corazones. Sabíamos que aquello era demasiado raro para ser un fenómeno natural puro y duro.

El comandante tenía razón, no había algún plan alternativo de salir de aquel lugar en dado caso volviera a suceder esa cosa, ese fenómeno extraño que se llevó alguno de nuestros compañeros. Claramente estaba habitado por algo abominable que provocaba todo eso, o era un extraño fenómeno incompresible para nuestras mentes terrestres. Fenómeno que se llevaba a las cosas vivas y las perseguía, indicaba una mente inteligente.

Desde que llegamos, es decir desde el impacto, éramos 27, ahora solamente si en dado caso nuestros compañeros estaban aún con vida en la nave seríamos 14. Cuatro que se llevó esa cosa de la bruma cuando llegamos. El comandante Harvey comenzó a descender y nosotros le seguimos. No cuestionamos, igual íbamos aterrados de que volvieran a salir esas cosas, pero no era opción quedarse en aquella cueva.

Y entonces cuando llevamos 3 kilómetros de regreso por el mismo camino de gargantas serpenteantes, hacia la nave estrellada más abajo, esta vez no hubo niebla oscura lentamente, esta vez comenzó a oscurecerse todo rápidamente, y ni hubo tiempo de tener miedo. Y entonces criaturas comenzaron a salir de la oscuridad de la bruma. Hubo un caos. Todos disparábamos a todos lados a seres con una apariencia monstruosa. Nada conocido hasta entonces. Nuestras lámparas apenas podía ver un metro a distancia solo cuando disparábamos a esas cosas que se acercaban. Y poco a poco nuestros compañeros comenzaron a irse uno a uno. Luego de correr casi sin ver hacia adelante Harvey y yo llegamos a la Rafaell, pero ante el horror nos encontramos. La puerta principal estaba totalmente abierta. Y dentro desde distancia, se podían advertir a todos nuestros compañeros completamente destrozados, como si hacia poco se algo se hubiera dado un festín con ellos. Los cráneos totalmente salidos de la cavidad craneal y los ojos salidos. Claramente habían salido y habían caído en la trampa de aquello, desobedeciendo la orden de Harvey de mantenerse siempre adentro.

Inmediatamente cerramos la puerta sin preocuparnos tan siquiera haber revisado dentro, pero es que no había tiempo. aquellas cosas venían tras nosotros. Seguidamente luego de cerrar la puerta esas cosas se impactaron en todo el casco intentando furiosamente derribar la entrada. Harvey y yo estábamos inmóviles contemplando aquella pavorosa escena, sacada de la más salvaje y abstracta película de horror cósmico. Solo la luz de nuestros cascos apuntaba fugazmente a las abominaciones diabólicas que se impactaban como si de zombis se trataban, pero mil veces más abominables. Golpeaban y destrozaban sus dientes filosos en la ventanilla. Solo esperábamos que no se rasgara, aunque estaba diseñado para resistir incluso impactos de pequeños asteroides en el espacio profundo.

Poco a poco fuimos dando pasos hacia atrás, y ante el horror que sentía nuestro cerebro inconscientemente, cerramos la cortina de la ventanilla de la entrada. Ni siquiera nos preocupó que hubiera alguna abominación dentro.

Tiempo después.

Luego de todo esto que cuento han pasado ya más de 40 días. Ayer me comí el último enlatado y la última agua que traía la nave de alimento. Tengo demasiada sed. No les había contado, pero Harvey lo tengo atado en la bodega de abastecimiento. Es mi única salida de vivir al menos unos días más, por si acaso la compañía que estoy seguro lanzó al menos un operativo de búsqueda para encontrarnos. Pero estos malditos sistemas de comunicación no han encendido del todo, solamente un radio independiente de repente se enciende por un par de minutos. Y es cuando lanzo maydays de socorro, pero hasta ahora nada de respuesta he recibido.

Lo siento por Harvey. Le dije que no era nada personal, pero si no hubiera sido él hubiera sido yo estoy seguro. Y pues en vez de que lloren en mi casa, prefiero que sea la suya. Sé que es cruel, pero no tengo alternativa aquí. Mi preocupación ahora es el agua. Al menos tengo fuego. El problema es que Harvey tiene por lo menos 7 litros de sangre que beberé como agua. Aunque no me durarán mucho. Por lo menos dos días. Y su carne es el gran problema.

Sin agua no podría vivir más de tres días, por lo cual partiendo de ahora: cinco días me quedan, rezando a todos los dioses de la tierra que se apiaden de mí y que envíen la maldita nave a rescatarme. Quiero ver crecer a mi hija quiero estar con mi esposa los próximos años y criar a mi hija, no es posible que a mis 30 años termine mi vida de esta manera siendo un hijo de puta, traicionando a mi comandante Harvi como de cariño le decía. Y todo por sobrevivir. En otras circunstancias no habría hecho esto, pero solo porque nació mi hija y me acabo de casar haré esto. Indudablemente el ser humano hace lo imposible por el nuevo estado con los seres más amados, espero que no me juzguen. Sé que la mayoría haría esto.

Cinco días después

No puede ser. Ya ni siquiera me preocupan las abominaciones que cada cinco o siete horas comienzan a golpear furiosamente la ventanilla frontal de la nave. Y al parecer de tantas envestidas poco a poco va cediendo la ventanilla, y un día de estos explotara en pedazos. Me he dado cuenta, de que este planeta tiene seres diabólicos, pero quizás sea su naturaleza normal. Quizás sea una temporada mala y estén hambrientos en este caótico y desolado lugar.

Hoy es mi quinto día y estoy muriendo de sed. Esta mañana acabo de terminar el último líquido vital: medio vaso de sangre de Harvey. Lamentablemente lo estrangulé, y para evitar que se derramara la sangre, lo colgué de cabeza y luego fue chorreando todo hasta la última gota de sangre en un contenedor. También debo decir, que... acabo de azar un pedazo de carne a fuego bajo de su humanidad. Había escuchado que sabia un poco a pollo, pero este cabron, desconozco a que se deba, pero salió dura y asquerosamente mala quizás fue el marinado. Pero al menos desayuné lo último que habrá. Ese medio vaso de sangre no fue nada para mi organismo que demanda más agua y agua. Pienso que estoy deshidratado. Y eso es peligroso. Tengo los latidos muy altos, llevo ya 7 horas sin orinar. Veo que la maldita compañía al parecer no vino a rescatarnos o quizás no encontró este lugar. ¡Maldición!

6 horas después

Tuve una pequeña convulsión, pero pasajera. Me encuentro demasiado demasiado y demasiado cansado. La muerte por falta de agua es terrible, y muy caótica. Creo que la única manera de acabar todo esto rápido, es salir ahí afuera y ser devorado. No quiero sufrir todos los rigores de la deshidratación severa porque quizás todavía mínimo duraría un día o dos más inmerso en el mismo infierno. Por eso en una hora voy a abrir la puerta y lo que dios tenga para mí lo aceptaré.

Te amo mi hija Ashley. Por si alguien me encuentra, aunque sea después de 100 o 200 años quiero que sepan que amé a mi familia como nunca pude pensar que amaría. Nueva Jersey fue el lugar de mi nacimiento. Para no alargar tanto esto, diré que era un vendedor de drogas, era un hijo de puta qué hacía de las peores cosas que se puedan imaginar, de lo peor. Y creo que el karma me llegó al final. Mucha gente inocente pago por mi culpa. Pero cuando hace 4 años conocí a Romi mi esposa, cambié de estado mental y dejé esa mierda de vida, luego hace un año nos casamos y apenas se había dado a luz a mi hija.

Hace casi 4 años entre al ejército. Por fortuna no tenía antecedentes penales, y fui admitido. Pero en el fondo sabía que era un hijo de puta. Tenía un pasado oscuro. Al final me aceptaron, y duré tres años enrolado. Luego de dejar el ejército me uní a la compañía energética minera de reconocimiento y abstracción Llamada Darvfe. Mi esposa me había cambiado. De ser un hijo de puta, ahora tenía y pensaba un futuro con mi familia. Por eso hice todo esto, fue parte de las circunstancias.

Porque en otras circunstancias, jamás hubiera hecho eso. Quiero que quede constatado esto, que por ningún motivo hubiera hecho esto, pero es la única manera de haber llegado hasta aquí, pero me dado cuenta, que por lo visto no valió la pena. Porque en el fondo de mi corazón siento remordimientos, ya que, si llego a morir en unos pocos minutos o unas horas, temo enormemente que mi alma vaya al infierno. No lo sé, tengo miedo.

Pensé que lo hacía por algo justo según yo, pero me arrepiento en estos momentos.

En estos momentos me he puesto de pie, y camino hacia la puerta que da a la salida. He abierto la escotilla para ver hacia el exterior, y al parecer no hay esas cosas ahora, pero no me importa: caminaré caminaré hasta afuera y ahí parado los esperaré. Porque sé que volverán. Porque calculando el tiempo, falta poco para que regresen. Pero debo decir, que llevo un regalo conmigo en la mochila ¡oh si! alrededor de 2 kg de explosivos líquidos que usa la compañía para dinamitar algunas zonas rocosas de minerales en zonas muy duras. Y este líquido de 2 kg de Morquina he activado, y tiene el poder de destruir alrededor de medio kilómetro a la redonda. Es lo único que tengo que hacer. Mi corazón se siente un poco feliz porque haré un poco de justicia, sean quien sean esos bastardos, esto es por ti Harvey, si no hubieran existido estas cosas, no te hubiera sacrificado amigo, perdóname.

En este momento el dispositivo de grabación del mismo equipo de seguridad que he estado usando para grabar todo este relato, me lo voy a quitar. No quiero que cuando todo esto explote se pierda, por lo cual lo dejaré dentro de la nave, y espero que cuando lo encuentren en dado caso algún día, decirte que, que te amo mi hija. Te amo Ashley, te amo Romi. Todos los hombres tenemos una oportunidad de cambiar. Cuando realmente llegó esa oportunidad que anhelaba, mi corazón estaba cegado de maldad, y llegó una razón para cambiar, y cambié profundamente. No habrá más palabras, el final se siente bien, porque siento una profunda calma. Solo basta decir Adiós. Creo que se acerca... es momento de tirar este dispositivo y cerrar todo. La bruma se acerca, y eso indica: de que vienen.

Gracias